閃電檸檬

吳添楷——著

總序／臺灣詩學吹鼓吹詩人叢書出版緣起

蘇紹連

「臺灣詩學季刊雜誌社」創辦於一九九二年十二月六日，這是臺灣詩壇上一個歷史性的日子，這個日子開啟了臺灣詩學時代的來臨。《臺灣詩學季刊》在前後任社長向明和李瑞騰的帶領下，經歷了兩位主編白靈、蕭蕭，至二〇〇二年改版為《臺灣詩學學刊》，由鄭慧如主編，以學術論文為主，附刊詩作。二〇〇三年六月十一日設立「吹鼓吹詩論壇」網站，從此，一個大型的詩論壇終於在臺灣誕生。二〇〇五年九月增加《臺灣詩學・吹鼓吹詩論壇》刊物，由蘇紹連主編。《臺灣詩學》以雙刊物形態創詩壇之舉，同時出版學術專業的評論詩學，及以詩創作為主的詩刊。

「吹鼓吹詩論壇」定位為新世代新勢力的網路詩社群，以「詩腸鼓吹，吹響詩號，鼓動詩潮」十二字為論壇主旨，典出自於唐朝‧馮贄《雲仙雜記‧二、俗耳針砭，詩腸鼓吹》：「戴顒春日攜雙柑斗酒，人問何之，曰：『往聽黃鸝聲，此俗耳針砭，詩腸鼓吹，汝知之乎？』」因黃鸝之聲悅耳動聽，可以發人清思，激發詩興，詩興的激發必須砭去俗思，代以雅興。論壇名稱「吹鼓吹」三字響亮，論壇主旨旗幟鮮明，立即在網路詩界開荒之際引領風騷。

「吹鼓吹詩論壇」網站在臺灣網路執詩界牛耳是不爭的事實，詩的創作者或讀者們競相加入論壇為會員，除於論壇發表詩作、賞評回覆外，更有擔任版主者參與論壇版務的工作，一起推動論壇的輪子，繼續邁向更為寬廣的網路詩創作及交流場域。在這之中，有許多潛質優異的一九七〇和一九八〇世代的年輕詩人逐漸浮現出來，其詩作散發耀眼的光芒，深受詩壇前輩們的矚目，另外，也有許多重拾詩筆寫詩的一九五〇和一九六〇世代詩人，因為加入「吹鼓吹詩論壇」後更為勤奮努力，而獲得可觀的成果，他們不分年紀，都曾參與「吹鼓吹詩論壇」的耕耘，現今已是能獨當一面的二十一世紀頂尖詩人。

二〇一〇年，為因應 facebook 的強力效應，「臺灣詩學」增設了「facebook 詩論壇」社團，由臉書上的寫作者直接加入為會員，一齊發表詩文、談詩論藝，相互交流。二〇一七年一月二日起，將「facebook 詩論壇」改為本社在臉書推動徵稿的平臺園地，與原「吹鼓吹詩論壇」網站並行運作。後來，因應網路發展趨向，「吹鼓吹詩論壇」網站漸失去魅力，故於二〇二一年五月三十一日宣告關站，轉為資料庫，只留臉書的「facebook 詩論壇」做為投稿窗口，並接受 e-mail 投稿，而《吹鼓吹論壇》詩刊仍依編輯企劃，保留設站的精神：「詩腸鼓吹，吹響詩號，鼓動詩潮」，繼續的運作。

除了《吹鼓吹論壇》詩刊外，二〇〇九年起，更進一步訂立「臺灣詩學吹鼓吹詩人叢書」方案，鼓勵在「吹鼓吹詩論壇」創作優異的詩人，出版其個人詩集，期與「臺灣詩學」的宗旨「挖深織廣，詩寫臺灣經驗；剖情析采，論說現代詩學」站在同一高度，留下創作的成果。此一方案幸得「秀威資訊科技股份有限公司」應允，而得以實現。「臺灣詩學季刊雜誌社」將戮力於此項方案的進行，每年甄選數名優秀的詩人出版詩集，以細水長流的方式，也許三年、五年，甚至十年之後，這套「吹鼓吹詩人叢書」累計無數本詩集，將是臺灣詩壇在二十一世紀中一套堅強而整齊的詩人叢書，以此見證臺灣詩史上這段期間詩人的成長及詩風的建立。

我們殷切期盼，歡迎詩人們加入「臺灣詩學吹鼓吹詩人叢書」的出版行列！

二〇二三年一月修訂

推薦序／

且做潭邊讀詩的星辰

葉莎

鵝卵石靜待詩化的夜
被時光的浪沖刷
把思念削薄了
我們都是潭邊讀詩的星辰

這是添楷這本新詩集裡讓我印象十分深刻的一首詩，詩題是〈時光的浪〉。我們知道鵝卵石的形成是歷經時光中無數次的擠壓、摩擦和衝擊，或許在地底深處，沉默了千百萬年後才擁有的光滑和美麗。

對於我而言，添楷是十分獨特的；他安靜讀書，安靜寫詩，看似靦腆拘束，實則內心從容，彷彿是一顆靜待詩化或已經詩化的鵝卵石，我們且做潭邊讀詩的星辰，既讀添楷的精妙詩句，也回望自己走過的時光的浪。

在〈人生考核〉這首詩中，添楷以簡短的十七行道盡人生路上的艱難和內心難以言喻的掙扎，求學時代作業本上哭著說不要端正的人生，職場上的疲累和難以化解的結，結尾最是精彩：「回顧多年／攤開自己／一面是皺的／另一面是模糊的／害怕陰差前來考核／為那孤老的人生／塗上殘忍的胎痕」；攤開是死亡的姿勢，皺的是外在的肌膚，模糊的是此生走過的風雨，孤老的人生靜待陰差考核；詩雖精簡，不做深入的鋪陳與描述，但行於所當行，止於所不可不止，亦是其寫詩的功力。

這本詩集中收集了許多添楷的好詩，例如〈雛形〉這首詩，詩句纖細婉麗頗為吸引人，第一段書寫寒冬過境，候鳥的疲倦，以疑問句作為第一段的結束和後面的伏筆，第二段「列印雛鳥的成長／拓下牠的掌痕／曾否佔領呼嘯過的春／和淺眠的花季」著墨於雛鳥的成長和追問牠的行程，第三段「啁啾與唧唧／羅列於五線譜／北返的聲線／在最後一片葉落下後／再次啟航」著墨於候鳥的駐足與音聲，並在最後兩句描述候鳥啟航的時節，一年將盡，寒冬又來，侯鳥在詩中飛過，春在近處等候，不禁讓人聯想起下一序章應是「燕燕飛來，問春何在，唯有池塘自碧」的情景吧。

而在〈悲觀的名字〉這首詩中，暴雨豔陽和花的意象以及石虎，詩中傳遞的詩想，除了氣候的異常，物種的瀕危，添楷在末段寫：「世界笑談每日都有樂觀的氣候／直到我們用淚海粉飾末日」，詩人對地球的劇烈變化，見其憂心亦見其悲憫的情懷。

即使「當路誰相假，知音世所稀」，我們且做潭邊讀詩的星辰，成為添楷詩的知音，獨自閃亮或群體發光都無妨，詩始終美好且永恆存在！

推薦序／愛是詩的顏色

陳謙

愛是什麼顏色
是把遊覽車塗滿絕望後
再用紅色重新粉刷

這是添楷寫給林靖娟老師的詩作，在面對人性的詭詐與多變之後，善感的添楷以詩人關懷之眼，力排對人性刻板的印象，因為他秉持善念，所以當遊覽車塗滿整車的絕望意象的同時，他能夠以熱情的紅色重新粉飾這齣令你我不忍直視的社會事件。詩人不認識林靖娟，只在報刊的記載裡悉知她的形影，卻因其詩作的普遍性將此事件恆永存檔。母性形象一直是添楷關注所在，〈紙願望——致杜潘芳格〉中寫道：

栽培一株女人樹
長大後
許下一個紙做的願望
願
它能盛開一朵含笑花

花因白色信仰
綻放
在長眠的夢裡
長成一個紙做的天堂

裡頭的蕊都是愛

「女人樹」，「含笑花」，「花因白色信仰」而綻放。因而去到「紙做的——愛的天堂」。這首向已故詩人杜潘芳格致意的詩，寫出了詩人杜潘在詩中純淨的願想。還記得一九九〇年代末期，詩人杜潘來到我任職的印刷公司，詢問一些印刷美術編輯裝訂上的相關問題，他對詩集出版形式的重視，至今我仍印象深刻，在詩創作之餘，也希望作品得到包裝上應有的最佳的對待。

添楷是詩人學者丁威仁的碩士門生，記得那一年前往竹教大口考時，因為上下交流道路況情報掌握不正確，正值上班尖峰時段，在差一點錯過交流道時，擔心時間延誤到考試時間，在不願繞路的情急之下便從外側車道切入內側車道，隨後也被後車拍照舉證告發，吃上一張比口考費用更高的罰單。

不過還是很高興能先讀到添楷的碩論，寫的是我認識的三位女詩人利玉芳、張芳慈、杜潘芳格，我曾經是笠詩社集團的一份子（一九九二—二〇〇三），後來也因該社根深蒂固冥頑不靈的傳統而離社。添楷論題是我知悉的三位女詩人，很高興在近代台灣文學學術領域能夠看到這麼一本精彩的詩人詩作研究專書傳世。

添楷是客家子弟，近日也看到他在報刊的客語詩創作，也希望他能幫鄉音多留下一些在地的聲音。添楷的詩作意象經營獨到而明確，文字清朗樸實常有一己的巧思，在顯明的意象排列組合演出後，呈現的說明性有時太過，但多數能替讀者保有閱讀時的想像空間。在詩行比賦之餘，想像的興味總能恰到好處的提供，今後添楷在詩行裡持續探索持續扣問與前進，相信假以時日，一定會再見到他在詩行中的成長與進步，一如〈母親樹〉裡：

一棵棵母親樹茂盛於園中
聽掌中娃兒啼哭

數著年輪

那是樹與鳥共譜的森林之歌

那就是添楷的詩行，融合了生活觀察與哲思想像的生活之歌。而我們都是鳥，在生活的樹叢間，共同譜寫對森林的想像與歌詩。

自序／為自己的生命轟隆一次

小時候，個性木訥的我其實在求學過程中並不快樂，有次在圖書館找到兩本書《昨日之肉——金門馬祖綠島及其他》和《一首詩的誕生》，那時心中有種震撼，原來詩是這樣輕快、富節奏性的文體。於是，我開始嘗試書寫。

那時高三到大一的歲月，因為「寫詩」的心情寄託，再加上科系專業的背景，我從一開始的不成熟，慢慢探索寫詩的技巧，於是從二〇一四年起，我開始了自己的漫漫「詩」路，並用「翼天」之名一路延續著，彷彿生命就應該有對翅膀翱翔於天際。

後來，在成長的過程中，認識了許多詩友、文友、文學圈的朋友，一同切磋琢磨，尤其每次參加吹鼓吹雅集，我都學習到很多：詩怎麼調整、如何經營意象……每次的意見都是成長的養分，回顧過去「全勤」的日子真美好。早期的吹鼓吹詩論壇，是我練習的園地，裡頭許多詩都令人驚豔，更讓我對於詩充滿熱情，就像是一段植物茁壯的過程，我也時常參加許多詩的活動（如台北詩歌節），感謝那段時間給予建議的詩友們，那些寶貴的意見讓我知道有更多進步的空間。

印象最深刻的是：二〇一六年野薑花詩社六月戳詩朗誦會、二〇一九年詩的恆河——野薑花詩社與臺中詩人聯合詩展、二〇二二年隨心散欲——吹鼓吹生活創作展。這些活動讓我的詩不僅在詩刊裡，能在各個展間被人們看見。二〇一九年，獲得全國優秀青年詩人獎，那時候「該為自己努力一次」這樣的想法浮現於腦中並慢慢醞釀，覺得「出詩集」不是和別人比較，而是證明自己能有所突破，證明自己生命的價值。

其實，從來沒有想過要出一本詩集，但這些日子裡看著許多人出書，心中不禁有點羨慕，想像他們一樣厲害。但另一方面，又告訴自己寫作應該為了自己，別迷失於競爭中；直到後來，〈冥闇門〉一詩刊登於《吹鼓吹詩論壇二十五號》，再加上〈文山區迷蹤〉一詩被鼓勵為有別於以往的作品，以及一些作品有機會刊登於報紙上，讓沒有自信的自己多了點動力。

從升學、服役到就業，「寫詩」這件事總圍繞在生活中，不管是寫碩士論文陷入困境時，在醫院服替代役和同袍相處時，以及當補習班老師教導學生時，一旦缺少寫詩總感到不對勁。從生活、人際到人生，詩帶給我的不僅是想像的美好，是一段嚮往自由的旅程，更是蛻變的回顧。尤其在工作階段，面對不同學生的學習狀態，都能迸發許多想法，例如會考前夕，會想寫詩祝福國三生考試順利。

由於論文研究女性詩人的相關主題，研究所畢業之後便開始關注女性的相關議題，舉凡文化、思想、書寫等，都是我想投入的焦點，於是寫下致林靖娟、杜潘芳格的篇章，那些細膩、婉約的精神能閃耀於每個地方。畢業後，覺得「出詩集」是努力的目標，是肯定自己的方式，並證明自己；在寫作的場域中，常擔任觀察、學習的角色，因為觀察並感受生活的點滴，而寫下許多詩，因為學習身邊朋友的作品，而要求自己要比過去更好。

「閃電」貫穿我寫詩的歷程，就像靈光一閃那樣的瞬間。還記得大學時陷入愛情的低潮期，為了轉移注意力，常在睡前有靈感想寫詩，於是產生是否為了寫詩而起床，總猶豫好一陣子，甚至失眠呢！當兵時，由於位在遙遠的屏東內埔，日子靜得像牆上的鐘，靈感常在單位備勤時出現，總等回到臥室時才寫下一天的詩，那時有個習慣：會把詩寫在買早餐時的紙板上，篇幅通常剛好就是一片紙板的大小，於是累積了不少的詩板。這些都呼應了我閃電般的心情。

我也想用「檸檬」來詮釋人生中的許多時刻，就像一開始提到求學時期的不快樂，大多是同儕的相處；也可能是寫作的困境，那樣的狀態會想用內心阻塞、不流通，徘徊在十字路口來形容；更可能是工作上偶爾疲憊、有時無助或徬徨的心情，總想著用什麼樣的態度面對。將日子酸澀地榨出一杯杯檸檬汁，唯有寫詩能讓黃澄澄的日子更燦爛。

國一課本中的〈謝天〉是我此刻的註解，因為真的想感謝的人很多，那「謝天」更實在，不過還是要分享想感謝的人。在母親節前夕，心中最想感謝的是媽媽，雖然她不懂詩，每當有客語詩刊登時，還是會想和她一同分享，那是最難以忘懷的時刻。我想感謝好友振嘉，他是我寫作圈中最重要的朋友，那些情誼與回憶不用多說，我想用〈流星雨〉表達是最適切的。我還想感謝工作上的學生們，許多教學的點滴不僅深烙在心中，他們的活潑也為我的詩增加活力、豐富上班的日常，也祝福下禮拜要考試的學生們會考加油，成績如閃電般精采。

工作後，我便重視緣分，能出版詩集也是一種美好的緣分，開玩笑地想：「能出詩集，此生無憾。」雖然挺誇張，但會珍惜每次寫詩的時刻。一本詩集的出版，更想感謝寫序的詩人們，分別是陳謙、葉莎老師，以及野薑花詩社、台客詩社、台灣詩學季刊社的許多詩人，因為有大家的支持與鼓勵，會想持之以恆、努力不懈，會想為自己的生命轟隆一次。當然，這本詩集還想要感謝秀威出版社的編輯同仁們和蘇紹連老師，因為有他們的協助，《閃電檸檬》才得以誕生，也期許未來自己的詩還能更進步，在文學獎方面有天能「一鳴驚人」。

目次

輯一　星詩史

回首星辰與切片檸檬點綴的詩路。

吞海的人

想不想找絕望的人
吞下一片海
很快地
結為鈉
在水分過少時
竄成一張嘴
找孤獨的人咀嚼魚群
刺在喉中
更痛得悲涼
久了，發現兩個人長滿鱗片

在岸邊看著港口發呆

二〇一八年七月

閃電檸檬

身上的電荷承載
多少正、負離子
樹梢上的忌妒
能否酸蝕手中唯一的電池

在體內
游離出多少帶電的細胞
我只是一根不導電的肋骨
等你在園中
享用禁忌的樹果

大雨前，執意碰那個插座
發現上過那堂物理課
日子曾是甜的
那濕淋淋的聽覺
比實驗結果還要焦耳

二〇一九年四月

時光的浪

鵝卵石靜待詩化的夜
被時光的浪沖刷
把思念削薄了
我們都是潭邊讀詩的星辰

二〇二〇年九月

夢熊

肚腹裡
有隻熊對著子宮
咆哮，那種棕色捎來的喜訊
隨著超音波
慢慢浮現

珍貴的物種
沿著夢的意識
掀起保護色
那段懷孕的故事繼續說

別讓森林小熊
驚醒此刻

二〇二〇年六月

被遺忘的時光

被時間堆砌成秘密
等不及融化
就被冬至的雪
搓成一顆顆萍聚的湯圓

初戀情人拿著鐵鎚
施工我的腦
一段段琴弦
用它的旋律
竣工我們有缺陷的愛

歲末，蒸發
怪手開挖
一處被遺忘的時光
於跨年前夕
出土為夜空的燦爛煙火

二〇一八年十二月

變色龍

打破窗戶的男同學，棒球也跟著沉默，每個人都不承認，唯獨一種綠色跳進黑板裡，翠綠、碧綠、軍綠……整個教室都變成了保護色。

拿著捲尺欺負同學，痛覺黏著於手，那些不甘流成的淚，也是一座版圖。教育的陋習、劣根性導致霸凌的擬態，伸手抵擋又是多重選項的傷。

掙扎於桌椅上的蟲子，整個走廊都在日夜變化，逃不出鐘聲的宿命。試卷是張顆粒狀的鱗片，觸感不佳，筆、擦子無從招架，一躍而起的是攤在草上的畢業證書和證照。

二〇二〇年九月

潑墨畫：記反送中運動

警，一個熟悉的名詞
經畫筆渲染
成了墨色的動詞
委婉地道出
藝廊將垮
那些不滿意的賞畫者
一一拆卸顏料未乾的畫

一次次藝術性治療
仍聽說

那些畫在咆哮
點點青瘀
痛的是那幅山水
還是用聲音作畫的人

革命裱框
示威過後的價值
能否理會潑墨畫的層次
那些聽不見的聲音
皺染畫面
弄皺了世界

二〇一九年十二月

圓規

用腳劃開
橫跨世界的企圖
五大洋、七大洲
想瑜伽為
一位藍色巨人的姿態

站在地球中央
拿針把天空刺破
瀰漫的懸浮微粒
剩化緣的人看得見

究竟他們化的
是空還是夢？

被貫穿的你、我
在邊緣
估算人口飽和的弧度
沒發現，海平面上升後
自己僅站在圓心
踉蹌地當一個地球儀

二〇一九年六月

九月：九二一地震二十週年

柔軟的九月
以玻璃紙的方式撕毀
孩子的青春
夜裡被扯開
如何拼湊龜裂的恐懼？

透明的九月
以芮氏規模的詞彙吶喊
孩子的校園
在人間被大幅度擺盪

魂已迷途
暗處玩一場未結的捉迷藏

再也找不到笑聲
何處的鐘聲敲響和平
聽見了嗎？
老師，你會不會回來
回來遍尋失散的愛

而今
用汗和淚重建永遠
師生的板塊再次完整
歷時多年，模糊的浩劫
已砌成堅強、清晰的九月

二〇一九年九月

＊註：「老師，你會不會回來」引自同名電影和書籍。

人生考核

滿分的求學路
在作業本上
刻下標楷體
那些字哭著說：
他們不想要端正的人生

許多主管
為態度評比
看不見透明的累
已積累成

社會無法化解的結

回顧多年
攤開自己
一面是皺的
另一面模糊
害怕陰差前來考核
為那孤老的人生
塗上殘忍的胎痕

二〇一八年十一月

戰爭

轟炸機墜落
士兵撿起他們的頭顱
身體立起
一座風製的土丘

沒有人唱悼歌
沒有人承認那是自己的耳朵
裡頭盤旋著
上世紀槍銃的爆破聲

沒有人紀錄
沒有人記得那是誰的腳
僅曉得地圖上
停下那位戰俘未走完的腳步

二〇一九年六月

小詩三首

迷途
巷口的楚河漢界
被月光
偷偷
將了一軍

——收錄於《隨心散欲：臺灣詩學季刊社三十週年社慶》

二〇二二年十一月

資料庫

把愛建檔於你的心中
偷偷不說
我漸漸變成數據
寫進有你的資料庫裡

歷史

總有一刻
會有陣風吹向人群

二〇一七年三月

——收錄於《臺灣詩學截句選三百首》

當他們的淚已乾
才發現，瞳孔曾被踩碎

二〇一七年三月
——收錄於《臺灣詩學截句選三百首》

下班隨筆

孩子！
願你能把夏夜帶出門
（今夜沒有滿天的珍珠和銀幣）
我們能一起在段考前夕
馳騁
你的粗心會造成我的翳病
掩映了一顆想寫詩的心

孩子？
別再望向河漢女

她在手機裡等你解開這題詞性
（她將脈脈不得語）
咆哮與尊嚴
我在西北雨中尋找
它們真實的意義

孩子。
輕輕對你說聲鼓勵
過去你的成績也許是九二一
（也許是一江春水向東流）
瘡痍過後，我們重建
一副進步的對聯
橫批是「滿級」

二〇二二年十月

*註：括號內分別引自〈夏夜〉、〈迢迢牽牛星〉、〈虞美人〉。

輯二　博物誌

檸檬果瓣鋪陳的婉約日子。

新丁粄的滋味

那陣桐花雨
自步道凋萎
沿途走過的步伐
飄過回憶的香氣

用風作的刀
切開那塊新丁粄
你沒有發覺
我說出的客語
帶有剖半的焦味

那塊掉進溪裡的新丁粄
經時間沖刷
友情的甜降為過客
我驚覺
再也不會說客語了

二〇一九年八月

穿著女人看海

薄紗過於裸露
在浩瀚前
羞於見人
只為撿根針
又怕血染紅整片海
旗袍在漲退潮間
抉擇如何更迭與歸隱
扎破這片海
湛藍了這波洶湧
直到我穿著女人看海

才懂，儘管聲納
也有到不了的地方

二〇一五年六月

孩子的動物園

大象的鼻子
是他的跳繩
跳出未來失業的迂迴

猩猩的手臂
是愛情與學業
每一天的考卷和通話
是他的重量訓練
今天沒有香蕉
只有老師與女友的考核

河馬的嘴
是他的呵欠
夜間的線上遊戲是泥巴
舒爽淋在眼前
雙瞳被貓頭鷹
啄了兩道眼線

貓的腳
是他的腳步聲
躡足間
不讓睡著的爸媽發現
偷用印章
為零分考卷蓋上蝙蝠的唇印

動物漸漸離開了
每一隻都回到家園
只剩孩子獨自面對
一個人的成人世界

二〇一九年七月
——詩的恆河：野薑花詩社與臺中詩人聯合詩展

在母親的心內收藏一個車站

求學時，我在
母親心內收藏一個車站
行李內的思念
從未誤點
在鐵軌上延駛四年

服役時，母親在掌中
刻下一個平安
我學會
如何把關心放在車廂

以時速百里，衝向北方
母親說：母子的購票證明
握在手裡
不限於社交距離
典藏起訖的票
回頭對她說：
孩子靠站了，沿著臍帶
走向愛的里程

二〇二〇年五月

難產

你的腹中
有叨擾的惡靈
子宮內有數種
失控的太陽
對產道咆哮

你的腦有
密集的問候與晝夜
奔騰出
不穩定激素

記憶著發黑的細胞

對妳羊膜穿刺
對你電腦斷層

月亮輕撫
診斷出壞死的心
掙脫敗朽的痛覺

純真永眠
一些大人童話走進婦科
看他們懷胎十月的夢想
是否
依然跳動著慈悲的胎音？

二〇二〇年十二月

光做的女孩

捧在手中
自闇處，眉宇和腰際
明滅間
被拆成男孩的禮物
關於那夜發生的事
只剩光做的女孩
亮起曖昧程度

二〇一八年十二月

向日葵女孩——致客家詩人利玉芳

和鵝舞蹈的女孩
身上有南風的味道
沿路的向日花瓣
是兒時家家酒的嫁妝

水筆仔寫生
繪成久違的家
那排子宮樹
因貓的鳴叫而羞怯
孕了一季的愛

在南岸流浪

這雙鞋，踏遍鵝屏公路
從未發現自己織的夢
在一次蒙古之旅
能獨自轉彎
慢慢金黃

二〇一八年九月

綠色的夢——致劉克襄

阡陌間
想像自己是伊卡洛斯
以透明之翼
騰起
地球的脈動

窺見環頸鴴
以十元的間距
邁開沙洲步伐
鏡頭下，牠們正用

點點足印拓下日記

你是一本綠皮書
寂寞時，攤開
若能做一次清澈的夢
整片天空繫上想像
恣意徜徉

二〇一九年五月

雛形

寒冬比候鳥
提早過境
羽倦了
喙鈍了
還有多少氣力啄皺這片天空？

列印雛鳥的成長
拓下牠的掌痕
曾否佔領呼嘯過的春
和淺眠的花季

啁啾與唧唧
羅列於五線譜
北返的聲線
在最後一片葉落下後
再次啟航

二〇一九年八月

母親樹

樹根盤結於土中
那是母子血脈相連的生命線
錯綜於小手
胸脯分泌乳汁
和週期裡的日月行光合作用

再茁壯
一棵棵母親樹茂盛於園中
聽掌中娃兒啼哭
數著年輪

那是樹與鳥共譜的森林之歌
再向上生長
手中的奶瓶映出笑容
蹣跚母親花灑在學步的路上
那是天空織的衣裳
輕輕為他穿上

二〇一九年六月

悲觀的名字

暴雨和豔陽後
每朵花被賦予悲觀的名字
每種凋萎重生成
春初的期待

每隻石虎在胎痕的砥礪下
被遞一張悲觀的名片
危及物種的稱呼
用一種鼾聲草率帶過
瀕臨血色的趨勢嗚呼

世界笑談每日都有樂觀的氣候
直到我們用淚海粉飾末日
才想起，那年的暴雨
只是常態性的輩分
與敬稱

二〇一九年十二月

紙願望——致杜潘芳格

栽培一株女人樹
長大後
許下一個紙做的願望
願
它能盛開一朵含笑花

花因白色信仰
綻放
在長眠的夢裡
長成一個紙做的天堂

裡頭的蕊都是愛

二〇一八年三月

奶瓶

手中的娃兒
舔拭玻璃屋裡的牛
奶漬自屋瓦
滴下
匯成一公升的愛
與母親園內的芬芳

二〇一八年五月

夜歸

那隻母貓被撞擊成
一陣孱弱的聲音
小貓以蹲踞之姿
說出：母親劫

我以□□說出牠未完成的話
像是狗吠自破柵欄中
竄出
把我的臉撞成
陌生的現場

母親走過麟洛的產業道路
路旁，人們拿著蛋糕
我也是裡頭的奶油
低脂的人生
飽含奶粉、陀螺、畢業證書、論文等成分

溝圳裡的水滿了
輕輕唱著：捉泥鰍
鳳梨的版圖擴大
何不栽植幾株康乃馨
取代那輪想家的月光？

夜間，母親自萬年溪畔走過
忠烈的慈祥

流著我的成長
那個路牌「5-12」號
提醒著，天涼了
要平安歸來

二〇一九年十二月

掌紋——致客家詩人張芳慈

東勢鐵道
沿著走過詩路
記憶中的影子
有大埔客的遷徙
和新丁粄紅潤的滋味

捎來一封信
「有著燒暖無？有食飽無？」
母親的聲音順著大甲溪
有成長的流速

和柔性的畫筆
大雪山下
攤開掌紋
那是屬於漩渦的稜線
在富層次的潭中
努力盤旋

二〇二一年八月

*註：「」中的意思為有穿暖嗎？有吃飽嗎？

吻是什麼形狀——致林靖娟

有人問
吻是什麼形狀
是鳳凰煉火的羽
將孩子擁在懷中的圓
有人問
愛是什麼顏色
是把遊覽車塗滿絕望後
再用紅色重新粉刷

教師節前夕
矗立於花博公園
有人拼湊當年不完整的唇
像是熾焰中也要努力
說出的感恩
也有人朗讀碑文
文字永眠
自烈火中盛開無私的一葉蘭

記憶依然短路
像是蔓延二十八年的痛
把吻燒至焦黑
無法說遍世界的缺陷與奉獻

二〇二〇年九月

＊註：一九九二年的健康幼稚園事件，造成林靖娟與多位師生離世。

輯三　詩旅札遊

跟詩一同旅行、奔馳每個一閃即逝的瞬間。

文山區迷蹤

萬芳醫院站外
拉出一條褐色皮尺
為動物園的棕熊
量一件合身牠的冬衣

指南步道上看著
在貓纜寫信的自己
寄給海巡署工作的他
一副未署名的身體
漂在海上

尚待被尋獲
一封上岸的回信
找遍文山區
就是找不到收信人
卻在那棟樹屋
找到好久不見用腳寫下的筆跡

二〇一八年九月

高屏舊鐵橋

眼神在六塊厝和九曲堂間
飄盪，尋找穿梭百年的軌跡
撐起歷史的翅膀
我們還在高屏溪畔
盼一陣南風的慵懶

列車疾駛
紙鳶悠然
清踏濕地綠茵
心不再悵惘

向那座鐵橋學習
如何以不朽的毅力拉起兩地的距離

張開雙臂
唱出打狗、阿緱合奏曲
那面斑駁瓦窯也跟著和
讓鋼桁的微笑跨過
每一道居民喜悅的日子

二〇一九年八月

萬華遊記

你的手電筒
照亮華西街蛇影的沒落
濃縮燈花
自夜市入口灑下
遠處鳥園啁啾
從未停過

一面三稜鏡
反射龍山寺鼎盛的香火
剝皮寮上歷史褪色的牆

若還原現場
是否能與舟上的你
漣漪艋舺大道上的錯過

服飾商圈上挑選的衣服
總是搖頭
時間編織的一場婚禮
適合彼此的尺寸
只是等世界答應
我們將比城市
早一步老去

二〇一八年十一月

素描內埔

你自龍頸溪畔贈
一帖筆墨
關於唐代那年的故事
繼續謄進後堆
憶義民的貢獻

懷忠里柵門旁
我們用灰色粉筆
緬懷當年革命先烈
是否嘗一口可可

能流淌一段由澀至甜的長河
我們於敬字亭耕歷史
長出一苗硬頸精神
收成那年，面向大武山
揮灑伙房談笑的時光

二〇二〇年七月

旅壢

一個人的老街溪
小背包旅行
地圖上的單身指南
沒有人看得懂
只有湍急溪水沖刷寂寞
牆角的街友
也在旅客徘徊的車站裡
刷上一絲存在感

把中平商圈的喧囂

寫進日記裡
日期慢慢缺氧
尋覓，為每頁市區
謄進假想的唇
用欽羨買一對佳侶
她的身體被瞅成一面笑牆

五號倉庫裡
囤積太多鐵路的缺口
它們不語
只是等著被人遷移
留下剎車痕
煞出牆上中壢驛的月台倒影

二〇一九年二月

左堆的風——記林邊到佳冬

自林邊大橋走過
林邊溪沿岸
和一串串紅色鈴鐺
響起母親北方的叮嚀

凝視前方
步月樓和蕭家
吹起左堆征戰的風
血汗淋漓著
我們的心低窪著

走向詩人步道
迎接西柵門
卵石砌起堅強
詩與歷史川流著
牆面斑駁
以六堆精神
徜徉我的服役之路

二〇二〇年四月

街角的祝福

男孩在那兒玩娃娃
是女孩掉落的眼珠
用電桿
拉起的封鎖線
縫補

此樁命案僅供參考
兇刀放於巷弄
有誰見著
那被長髮繚繞的

行蹤

男女試圖
埋葬許久被遺忘的手
若指紋還有記憶
是否願意在角落
繼續被鑑識？

二〇一八年八月

解愛：搭捷運綠線有感

聖誕前夕
孩子們從松山至新店
拉起一條喜悅的線
那兒，小巨蛋的高亢
抗衡
此地，古亭河濱公園的靜謐

聖誕老人把大人們
為「工」勞流下的淚
放進禮物裡

包裝紅樓前一棵為愛
茂盛的和平樹

商圈裡的人群
一一跳進新店溪
或讓大雪掩埋
綿延的羅斯福路
好讓那年校園劇的悲
不再掙扎，且遺忘

中山地下書街
為愛找解答
苦無所獲
在植物園發現一葉典藏

翻後
這些日子因光合作用而圓滿

二〇一八年七月

星球紀事

那雙被蜂螫傷的手
紅腫處
長成一個宇宙
裡頭的星球
全鋪上黃黑相間的路

每戶人家都鑿出
六角形的牆
適合五根指頭住進去
這棟合宜住宅

讓他們不願再都更
每段關節是頭、胸、腹
裁過的斷片
它們與指甲釀的蜜
甜度過高
與研擬的企劃飽和
今年的疼
又悄悄記下一筆弊案

二〇一八年七月

等路：致竹北

等一面歇息的招牌
以會考倒數三十天的篇幅
拉出他們升學的十字路口
和我蜷縮的騎樓

等一段數尺的里程
新瓦屋睡了
經國橋醒了
喜來登用惺忪的眼
睜開我教學的歲月

孩子，您的成績
是最佳伴手禮
等竹縣竹市圍成
完整的祝福
我還在頭前溪畔
等一串風起的鈴聲

二〇二二年四月

輯四　醉人生

陶醉於人生中微醺的每個閃電時刻。

紫斑蝶

趴在桌上
擬態一段朽木
教室裡的瘀傷
是我許久未癒的紫斑
鱗粉不管用
吸管無處伸張
只想，用盡氣力翩飛

吐出的蛛絲
灑成一張地網

在老師看不見的地方
黏成一本食譜
我是他們的佳餚
再啖下的那一口
不願看，被天空放棄的一角

原來，這是食物鍵
被捕捉的瞬間
只剩掙扎
能惹得最後的同情
標本是如何製作的
我在聯絡簿寫著
但，不敢給家長簽章

二〇一八年八月

摩登大廈

香奈兒與粉黛
在一樓專櫃相覷
明星花露水
灑下那個年代
女人娉婷的姿態

無印良品的商品
在二樓選購
想起株式會社的商標
結帳時

悄然落下殖民淚

愛迪達男孩
於三樓廣場穿一件極度乾燥
他馳騁為
今年冬天
英、德爭寵的焦點

四樓的樂高
把孩子的夢想疊得
忘了怎麼寫煩惱
直到動筆
才發現，寫成大人的筆跡

麗嬰房在五樓
想起爬、走的時光
跌跤了，還有手扶梯
一階階複習襁褓的記憶
和母親手中漸冷的奶瓶

杜拜塔把電梯撐破了
環顧四周，時尚的噱頭
被布置為週年慶的廣告看板
吸引每個前來消費的人
擠成他們的摩登大樓

二〇一九年三月

戴口罩的人都在演戲

每個戴口罩的人都在
向世界演
一部默劇
每天都在遮掩
疫情緊張的劇情

每個戴面具的人都在
向街頭演
一齣武打片
那種廝殺與衝突

常在觀眾前往以前，自行落幕
蒙面
和國際開玩笑
那些保持社交距離的日子
還有諸多真相
尚待霧霾後的天查證

二〇二一年一月
——刊載於《人間福報》

再版的人生

霓虹與招牌
點綴悵然的騎樓
燕巢下的革命者
擘畫他
初版的藍圖

說灰色的話
呼籲有些挫折須被漂白
有些念頭要重新出發
頁裡的卵

尚待印刷廠裡孵化

號召圍觀的民眾
一同嘉年華
擺放三角錐，禁行
違規與超速的遊客
一再呼籲，路旁的頁碼
要依序點亮
直到人生再版

二〇二二年八月
——刊載於《中國時報》

一起腐爛

想敷衍的話語
一起腐爛
例如口頭禪有沃土的礦物
讓我們的撫觸
富有距離感

你的厭世，我瞠視
小宇宙爆炸時
我們不妨流淌於沉默的星體
把無關的日常

逕自點亮

二〇一九年三月

適合外送

再當一次壽星
記得拆開煙囪裡的粉紅色純真
歲月將作業簿沿虛線劃開
至此，童年打上蝴蝶結

那年的快樂
路面忐忑
笑聲壓皺了
不想長大的願望

再過一次重陽
拿下假牙和青春對話
湖面映出耄耋容顏
內用的你拼湊兒孫圖景
漸老的影子熱情款待

向世界唱一曲小城故事
已經送抵
不眨眼的豁達

二〇二一年一月

——刊載於《中華副刊》

不鏽鋼

他的沉默
在便當盒包裝後
顯得更重了

母親在上學的沿途
放了許多食材
日子久了
會鏽蝕
這愛尚未漆上珞
無法保存太久

鎳手鎳腳地
拾起灰色童年
這遊戲不宜微波
產生的輻射反應讓
過期的玩法
蒸發於那些日子的菜色裡

二〇一八年一月

活著的證據

呼吸與心臟
是活著的證據
急促的呼吸聲
截開咆哮過的死
滿月，也是不在場證明

擰斷血管和呼吸器
說一聲晚安
這次，把自己形塑輕盈
和世界比較價值

與死亡的品質

二〇二一年二月

真相

牧羊人的狼和羊
愉快地相處
湖仙子送給樵夫
金、銀、鐵斧頭

小木偶矯正了
他的長鼻子
牧場沒有謊
森林沒有謊
皮諾丘沒有謊

幸福結局的真相
藏在孩子心裡
未說出來

二〇一九年六月
——刊載於《聯合報》

*收入《書寫青春十六：第十六屆台積電青年學生文學獎得獎作品合集》

天冷時，勿擾

天冷時，電線短路
訊號不佳
一通電話就是一個冷凍庫
一則簡訊就是一根冰棒
通話時，耳朵已住進
一些小雪人

天冷時，為你下咒
太多干擾
讓彼此凍談不得

請解開秘密的咒術
十度的低溫
不適合解開結冰的線索

一起視訊
演繹冰雪奇緣
每天都在報導銀色世界
我的心內
已成為女王控制的傀儡
聽她說殘酷的話

二〇二一年四月

悲劇的敘事學

蜷曲一整座城市，是絕望的擁抱嗎？分岔的嗅覺舔拭屋頂，每一面都是敏感的汙染源。

你說重生是蛻下工業區重金屬的時光，沒有人承認。打造比鱗片粗糙的磚瓦，能住得比從前舒適，柔軟的那面需倚在夢裡，慢慢沉睡。截開身體，裡頭的日子已汙染了好久，吐信的力道不足以淨化外頭霾害的天。

無力阻止，各式機械張大嘴吞噬屋舍，無助游移於被破壞的城市，害怕巨人以沉重的腳步踏碎我們的結局，每一步都碎成悲劇的敘事學。

二〇二一年六月

在你的肚腹裡迷路

拿一面三稜鏡
在你的肚腹裡旅遊
影子、芭蕉扇
與金箍棒
繫上大腸成為伴侶

你的腔室是一道迷宮
吃下定風丹
我們都被風神
搧出一陣陣迷惘

持於手中的是芭蕉與信仰

自你的呼吸道走出
曾被圍剿
逃殺的日子
還在火焰山頭旺盛
替我們熄燼，那熾熱的線索

腰圍是一本大話西遊
那豐腴的曲線
纏在詩徒的情誼
請容我誤寫
待下回解謎

二〇二二年九月

截句四首

麵包男友

他喜歡將方形的男人
對折成塗奶油的手
幻想，婚姻是難以到達的邊界
愛是被框住的柵欄

二〇一七年七月

——收入《魚跳：二〇一八臉書截句選三百首》

咱們是一串句號

溺水的人
被泡泡埋成已讀不回
真相如何
只有。。。。。知道

鸚鵡

喙被時光磨鈍
咀嚼綴補天空的蕨類
每天練習說人類懂的語言

——收入《臺灣詩學截句選三百首》
二〇一七年十二月

讓世界理解

二〇一九年十一月

——詩聲字二〇二一年一月

關於閃電的故事

那些伏特和安培
盡是普遍的詞彙和話題
一對焦耳掉在地上
等著我們把故事說完

二〇一九年十二月

——收入《疫世界——二〇二〇~二〇二一臉書截句選》

指導棋

你說，好久沒有下一場大雨
好久沒有被煩惱
淹沒傾頽的城
蒼天曾指導
一局沒有破綻的棋

你說，楚河漢界是
善待世界的方式
我僅看見將帥兵卒
擠在廣場上

無助地迷途

宰相擺架子
任性地倡導命運
多舛的疏運措施
今日的王，缺乏一些方針
和被雨淋濕的策略

敗北騎兵
站在邊塞詩的韻腳
以失望的絲路
統率敦煌的末日與陽關

二〇二二年四月

緋聞

輕輕地吻在標題上
再把西裝打馬賽克
那則小說
以低調的情節
持續進行著

尋找唇印的主人
和酒杯
誰記得當時的酒精濃度
是否和那頁日曆

呈微醺反應？
高價售出口紅
模糊的指尖把姿態喬高
在故事完成以前
整齊排列
任意竄改結局的客人

二〇二二年七月

感恩樹

於植樹節當天
用緣分種下感恩樹
路肩的芽
因勇氣灌溉
那種失業的挫敗感
因光合作用
不再寡歡

於友情日那天
用歲月種下回憶樹

每隻麻雀踮起社區的童年
每一天都在吱喳
每一天都為啄食穀粒
活在青春當下

於鄰居日那天
種下一株株關懷
他們醞釀葉綠素
沿著記憶岔出炮戰的恐慌
家在眷村一角
長成與軍服對應的長廊

二〇二〇年三月

早餐

道路是片土司
困住步伐
日子可帶點甜味
太陽上工後
門口的睡意記得帶走

微顫的手
試圖撐起一片天空
那是昨夜位移星空的記憶
雲絮抹醬

那不是期待的口味
難以均勻
上班後痠疼的後遺症

二〇一九年七月

你的愛擱淺在我的腦中

錯把身體
誤認為淺灘
原來，你的愛
曾擱淺在我的腦中
鯨魚游過
害怕爆炸的那回合

若腰部以下的
大陸棚
害怕淹沒

迷路的寄居蟹
誰找得到流浪已久的家？

喜歡讓棕櫚林
過濾我們的影子
或讓陽光蒸發腳印
聽說，那年的沙灘排球
已越界記憶
只是，隨著浪潮漸忘了

二〇一八年六月

租了一位朋友

溺水者在遠處沉浮
我是他掙扎的海面
蔚藍了他的無助

擱淺在濱海公路
我租了一種消遣
在沙岸吶喊
寂寞湛藍了海的深度

我又租了一種友情
它的指尖滑過我身上的防曬乳
不久
溶進我的體內為長期的黑色素沉澱

——詩聲字二〇一八年九月
二〇一七年十月

圍巾

他看見脖子
掛在樑上
以挑高姿態
鑿開喉間未流完的
動脈與遺憾

聽不見太絕望的聲音
字在紙上
被無助
拉成一條粗糙的繩

量退稿的次數有多長？

繫緊冬天的雪
也把一個人的聖誕
拉成纖維
裡頭有送給自己的禮物
讓末日收下

二〇二〇年六月

建築師

樂高嚮往攀升
渴求攀登的極限
可惜，站在印泥上
會被雲兒取締

一件煙幕商標的衣裳
日子帶著詼諧
用印章踏過聳立的快樂
尚待蓋棺未論定

再也不為低處垂憐
那矩形的童年
被失落啃噬
慶幸，僅存的純真
還在角落努力活著

二〇一七年二月

移動的圖書館

週期性恐慌寫進
亂碼裡，紅色潮間帶
製成書籤
夾在社會中間，供人存查

假設你有國際標準書碼
為乳房編號、排列
分泌的乳汁
能否認證哺育的假期？

移動奶瓶
沖泡焦慮
多少炙熱的偏見
綁上馬尾，更顯胴體
忘了翻開赤紅的封面

二〇二〇年八月

流星雨：致好友振嘉

七月的雨
落在公園
落在邂逅與寒暄的瞬間
書店一角
有把傘等待詩意放晴

三重、桃園和新竹
網成一門天文學
有道流星閃過花蓮
將願望刻於石上

實現一本本
回憶的詩集

虎在遠山
對夢想咆哮
魚在人間是否聽見祝福
是否聽見游經
友情路永恆巷的流星雨？

二〇一九年九月

致會考

終於，征戰即將到來了
課本與習作
在三年內
疊成一座塔
瞭望出最遼闊的景致

撕下一張張日曆
也伴隨
驪歌的前奏

咱們蓋堡壘
演繹邊塞
這瀰漫煙硝的初夏

敵人、深淵與友軍
在戰場上樹立
四個選項
抉擇後，也對
未來簽下正確的協約

願你，已做足準備
讓理想的成績
停靠肩上
著陸在初秋

漸涼的樂土上

二〇二二年五月

語言文學類　PG2975　吹鼓吹詩人叢書53

閃電檸檬

作　　者 / 吳添楷
主　　編 / 蘇紹連
責任編輯 / 孟人玉
圖文排版 / 黃莉珊
封面設計 / 王嵩賀

發 行 人 / 宋政坤
法律顧問 / 毛國樑　律師
出版發行 / 秀威資訊科技股份有限公司
114台北市內湖區瑞光路76巷65號1樓
電話：+886-2-2796-3638　傳真：+886-2-2796-1377
http://www.showwe.com.tw
劃撥帳號 / 19563868　戶名：秀威資訊科技股份有限公司
讀者服務信箱：service@showwe.com.tw
展售門市 / 國家書店（松江門市）
104台北市中山區松江路209號1樓
電話：+886-2-2518-0207　傳真：+886-2-2518-0778
網路訂購 / 秀威網路書店：https://store.showwe.tw
國家網路書店：https://www.govbooks.com.tw

2023年11月　BOD一版
定價：280元

讀者回函卡

國家圖書館出版品預行編目

閃電檸檬 / 吳添楷著. -- 一版. -- 臺北市 : 秀威資訊科技股份有限公司, 2023.11
面； 公分. -- (語言文學類 ; PG2975)
(吹鼓吹詩人叢書 ; 53)
BOD版
ISBN 978-626-7346-28-0(平裝)

863.51 112015891